A Amanda, Christopher, Catherine
Robert Jnr.

ISBN 2-07-039147-7
Titre original : Robbery at Foxwood
Publié par André Deutsch, Londres

Numéro d'édition : 37532
Dépôt légal : Avril 1986
Imprimé en Italie par La Editoriale Libraria

Panique à Souriceau-les-bois

Cynthia et Brian Paterson

Traduit par Sophie de Vogelas

Gallimard

Cinq heures venaient de sonner à l'horloge du village. M. Blaireau allait fermer boutique lorsque Mme Hérisson passa la tête par la porte.

— Mais vous ne savez donc pas l'heure qu'il est ? bougonna M. Blaireau.

— Mon brave Monsieur Blaireau, je n'ai pas le temps de penser au temps qui passe, répondit Mme Hérisson. J'ai des choses bien plus importantes à faire.

Et, tandis qu'elle remplissait son panier à provisions, M. Blaireau tambourinait des doigts le comptoir, tout en rouspétant contre les clients tardifs, les planchers tout crottés, sans pour autant oublier de faire la note de Mme Hérisson.

— Ah ! et puis j'oubliais ! s'écria-t-il tout à coup. Votre Boulkipik est dehors en train de jouer au cricket avec ces deux loustics de Carottin et Roblochon ; ils ont déjà envoyé deux fois la balle dans ma devanture et je vous préviens que, s'ils cassent quoi que ce soit, je mettrai ça sur votre ardoise à la fin de la semaine !

— Ne vous inquiétez pas. Je vais dire à Boulkipik de faire attention, répondit Mme Hérisson en finissant de bourrer son panier avant de se dépêcher de rentrer pour préparer le goûter.

Crash !
— Oh ! mince ! on a cassé la fenêtre du vieux Blaireau ! s'écria Carottin.
M. Blaireau sortit en trombe de sa boutique, en agitant le poing. Il était furieux.
— Petits sacripants! Mais regardez donc ce que vous avez fait ! hurlait-il. Je vous l'ai déjà répété des centaines de fois, mais aujourd'hui, c'est trop fort, et vous allez le payer. Allez ouste, rentrez chez vous ! Je vais prévenir vos mères dès demain matin .

Puis M. Blaireau s'en retourna pour inspecter les dégâts.

— De toute façon, il est trop tard pour pouvoir réparer cette fenêtre ce soir, marmonna-t-il en fermant à clef la boutique avant de rentrer chez lui. Il faut attendre jusqu'à demain.

Ce soir-là, Roblochon mit du temps à rentrer, et sa maman n'était pas très contente. Pendant le dîner, il fut plutôt distrait et ne mangea rien du tout.

— Allons, sois gentil, Roblochon. Ta soupe au cresson va refroidir, lui dit sa maman, pensant qu'il n'aimait pas ça.

— C'est pas ça, maman, s'écria enfin Roblochon. Mais on a cassé la fenêtre de la boutique de M. Blaireau en jouant au cricket, et il est très en colère.

— Oh ! Roblochon, mais comment as-tu fait ton compte ? Maintenant nous allons devoir rembourser M. Blaireau, tu sais. Si seulement tu faisais plus attention, ces bêtises n'arriveraient pas !

Après le dîner, quand sa maman le débarbouilla et lui enfila son pyjama tout frais lavé et repassé, Roblochon se sentait bien penaud.

— Enfin, ce qui est fait est fait, lui dit-elle en le mettant au lit. Mais tu devrais aller rendre visite à M. Blaireau demain matin pour voir comment vous pourriez toi et tes amis le dédommager.
— Ça, c'est une idée super, maman ! répondit Roblochon,qui se sentait déjà mieux.
Roblochon se réveilla de bonne heure et, en passant près de la boutique de M. Blaireau, il remarqua que la porte était ouverte. Il jeta un coup d'œil à l'intérieur. Mais, au lieu d'y trouver M. Blaireau, il vit un tout autre spectacle. Sur les étagères et dans les caisses, il n'y avait plus rien !
— Des cambrioleurs ! s'écria-t-il en se précipitant chez M. Blaireau pour lui annoncer la catastrophe.

M. Blaireau venait de sortir de son lit lorsqu'on frappa à sa porte.

— Je ne suis là pour personne, hurla-t-il. Je n'ouvre qu'à neuf heures.

Mais les coups sur la porte redoublaient.

— Monsieur Blaireau venez vite ! criait une petite voix.

M. Blaireau entrouvrit à peine la porte et passa le museau dehors.

— Monsieur Blaireau, votre boutique a été cambriolée ! dit Roblochon en haletant.
— Va-t'en, garnement, s'écria M. Blaireau en colère. Tes plaisanteries et celles de tes amis ne m'amusent plus du tout !
— Mais c'est la vérité, répondit Roblochon. Venez, je vous en prie.
M. Blaireau prit son manteau, claqua la porte derrière lui et courut en suivant Roblochon jusqu'à la boutique.

M.BLAIREAU

Arrivé sur le pas de la porte, M. Blaireau s'immobilisa. Il n'en croyait pas ses yeux ; la boutique était complètement vide !

— Mais comment ont-ils pénétré à l'intérieur ? murmura-t-il.

Carottin et Boulkipik avaient entendu Roblochon appeler M. Blaireau et ils étaient accourus à la boutique. Roblochon les regarda.

— C'est notre faute, dit-il, la tête baissée. Les voleurs ont dû entrer par la fenêtre cassée.

M. Blaireau se taisait, encore trop bouleversé pour se mettre en colère.

— Nous allons retrouver les voleurs, s'écria Roblochon.

— Oui, nous allons tout rapporter, lança Boulkipik.

— Ils ont peut-être laissé des traces, dit Carottin. Allons voir.

Et tous les trois se mirent à chercher des indices devant la boutique.

— Il n'y a rien par ici, dit Boulkipik avant de contourner la maison.

La fenêtre de la remise était ouverte et, sur l'herbe, on pouvait voir des traces de pas bien plus grandes que celles de Boulkipik. En regardant plus minutieusement, il trouva des papiers de bonbons, puis il remarqua sur le sol des traces de roues qui partaient de la fenêtre ouverte.

— Regardez ce que j'ai trouvé, s'écria-t-il.
— Bien joué ! dit Carottin. Regardez, les traces conduisent vers les bois. Suivons-les !
Les cambrioleurs avaient pris une sérieuse avance, mais Carottin, Boulkipik et Roblochon continuèrent pourtant à suivre les traces.

— Je n'en peux plus ! s'écria Boulkipik. Je suis fatigué, j'ai froid, et puis j'ai des crampes aux pattes. Pourquoi ne pas rentrer et recommencer nos recherches demain matin ?
— Ne sois pas idiot ! lui dit Carottin.
— On ne peut plus rebrousser chemin maintenant. Si on veut continuer, il va falloir trouver un abri où passer la nuit.

Ils passèrent devant une inquiétante masure, traversèrent un vieux pont délabré, avant d'attaquer la route sinueuse de l'autre côté de la vallée. A mi-chemin, Roblochon aperçut un épouvantail au sommet de la côte.

— Les épouvantails voient tout, dit-il. Et si les voleurs sont passés par ici, il nous dira dans quelle direction ils sont allés.

— Et s'il ne nous le dit pas, l'interrompit Boulkipik, je passe la nuit avec lui. Je suis décidément trop fatigué pour faire un pas de plus.

L'épouvantail sommeillait, à l'approche des trois amis, il se réveilla en sursaut.

— Qui va là ? s'écria-t-il.

— Pourriez-vous nous aider, monsieur l'épouvantail ? lui demanda alors Roblochon. La boutique de M. Blaireau a été cambriolée et nous recherchons les voleurs.

— Hum ! répondit l'épouvantail en réfléchissant. Il y a bien des voyageurs qui campent au Bosquet des Brigands. Quand ils sont passés, ils avaient un plein chariot avec eux. Ça pourrait bien être vos hommes.

Carottin, Boulkipik et Roblochon remercièrent l'épouvantail. Un peu plus loin, ils aperçurent une petite lueur qui tremblotait dans la nuit.

— Regardez ! s'écria tout à coup Boulkipik. Un autre papier de bonbon ; nous sommes toujours sur la bonne piste !

— Attendez ici, dit Roblochon. Je vais me faufiler jusqu'à la lumière pour voir ce qu'il se passe. Arrivé au campement des voyageurs, il passa la tête à travers une brèche dans la haie. Là, assises autour d'un feu de bois, se tenaient trois des plus redoutables belettes que Roblochon ait jamais vues. Elles riaient et plaisantaient, la gueule pleine de caramels, la carriole de M. Blaireau était là aussi, remplie de légumes et de friandises volés à l'épicerie.

Tout excité par sa stupéfiante découverte, Roblochon courut raconter ce qu'il avait vu à ses amis.

— Oh ! mon dieu ! s'exclama Boulkipik. Il faut qu'on se batte avec elles ?

— Non, elles sont bien trop fortes pour nous, dit Roblochon. Il faut trouver une astuce pour pouvoir récupérer la marchandise.

Tous les trois étaient en train de se creuser la cervelle lorsqu'une colonie de vers luisants vint à passer.

— Bonsoir, leur dit le chef de file. Mais que faites-vous dehors si tard ?

Alors que Carottin racontait leur aventure aux vers luisants, Roblochon eut soudain une idée géniale.

— J'ai trouvé ! s'écria-t-il.

— Trouvé quoi ? lui demanda Boulkipik.

— L'astuce, bien sûr ! répondit Roblochon. Écoutez. Carottin, toi qui es le plus rapide, cours jusqu'à l'épouvantail et demande-lui de nous prêter sa tête creuse pour une heure ou deux. Pendant ce temps-là, Boulkipik et moi on va couper une grosse branche dans la haie ; on y accrochera la tête et puis...

— Je sais, l'interrompit un ver luisant. Vous voulez ensuite que nous allions à l'intérieur de la tête pour l'illuminer.
— Précisément, répondit Roblochon.
— J'ai compris, dit Boulkipik. On va leur faire croire que c'est un fantôme pour leur faire peur !
Le plan se déroula exactement comme prévu. Carottin rapporta la tête de l'épouvantail, Boulkipik et Roblochon l'accrochèrent au bâton, tandis que les vers luisants grimpaient à l'intérieur pour y luire de toute leur force.
Puis les trois amis se faufilèrent sans faire de bruit jusqu'au campement des voleurs et attendirent patiemment que les belettes s'assoupissent et que le feu s'éteigne.
— Maintenant, murmura Roblochon. Maintenant ou jamais.

C'est alors qu'ils soulevèrent la tête par-dessus la haie et la secouèrent dans tous les sens, en poussant des cris effrayants, des grognements sinistres et des hululements démoniaques.

Les belettes, terrifiées, décampèrent à tout allure et, dans la panique, en oublièrent leur précieux butin.

— Nous avons réussi ! s'écria Roblochon. Hourra ! Elles sont parties.

Boulkipik et Carottin aidèrent alors les vers luisants à sortir de la tête de l'épouvantail et les remercièrent chaleureusement.

— Ne vous donnez pas cette peine, répondirent les vers luisants. Nous nous sommes bien amusés.

Puis ils disparurent dans la nuit. Roblochon et Carottin s'occupèrent ensuite de la carriole.

— Il nous faut des cordes, fit observer Roblochon, sinon toute la marchandise va tomber.

En fouillant dans le campement, ils trouvèrent un morceau de corde qu'ils entortillèrent autour du chargement.

— Dépêchez-vous, s'écria Boulklipik, les belettes peuvent revenir à tout moment et nous courir après.

— C'est facile à dire, le rembarra Roblochon. Cela irait plus vite si tout le monde s'y mettait.

Puis il se retourna vers Boulkipik qui dormait debout.

— Allez, dit-il d'une voix plus douce. Grimpe là-dessus. On te ramène à la maison.

La lune sortit de derrière les nuages et les guida sur le chemin du retour. En passant près de l'épouvantail, ils en profitèrent pour lui rendre sa tête et pour le remercier vivement de son aide.

— Sans vous, nous n'aurions pas réussi, lui dit Roblochon.
— Ne me remerciez pas, répondit l'épouvantail. Je suis content d'avoir pu vous être utile. Vous savez, la vie n'est pas très mouvementée par ici.

Pendant ce temps-là, au village, Mme Souris, Mme Lapin et Mme Hérisson étaient folles d'inquiétude. Et, plus elles s'inquiétaient, plus elles en voulaient à M. Blaireau.

Ce pauvre M. Blaireau, il était bien souvent de mauvaise humeur et plutôt grognon, mais sous sa fourrure il cachait un bon cœur, et lui aussi était bien ennuyé de ne pas voir Carottin, Boulkipik et Roblochon revenir de leur expédition à cette heure si tardive.

— Il faut aller les chercher, déclara-t-il enfin. Juste avant l'aube, un petit groupe portant des lanternes, des couvertures et des gourdes de thé brûlant s'apprêtait enfin à partir à leur recherche. M. Blaireau était à la tête de la battue, en route vers les bois sombres. Le petit groupe venait d'atteindre la lisière de la forêt, lorsque M. Blaireau s'arrêta brusquement. Trois étranges silhouettes s'avançaient vers eux, dans un concert de grincements et de bruits de roues.

— Qui va là ? hurla-t-il. Arrêtez ou je...
— C'est nous, s'écria Roblochon. Nous sommes de retour et nous rapportons la marchandise de M. Blaireau intacte !

Tout le monde se précipita pour les accueillir. Roblochon se jeta dans les bras de sa maman qui l'enveloppa chaudement dans les plis de son manteau. Carottin se blottit contre la sienne et la serra très fort entre ses pattes, tandis que M. Blaireau soulevait Boulkipik de la carriole pour le tendre à sa maman. Le voyage avait été très long et très éprouvant. Fatigués et fourbus, les trois amis rentrèrent à la maison. Mme Souris murmura à l'oreille de Roblochon qu'un bon bol de soupe au cresson bien chaude l'attendait.

M. Blaireau était si heureux d'avoir retrouvé Carottin, Boulkipik et Roblochon sains et saufs, et de pouvoir ouvrir sa boutique à nouveau garnie, qu'il décida de donner une fête pour tout le village.

Le lendemain matin, M. Blaireau mit sens dessus dessous le vieux coffre de sa boutique.

— J'ai trouvé, s'écria-t-il enfin, en brandissant un morceau de grillage.

Après avoir pris des clous et un marteau, M. Blaireau le fixa sur la fenêtre de la porte.

— Maintenant, ils vont pouvoir jouer au cricket toute la journée et en toute tranquillité ! dit-il, satisfait.

La fête fut un immense succès. On traita Carottin, Boulkipik et Roblochon en héros. M. Blaireau fit un discours, puis remit aux trois amis des médailles pour leur bravoure.
Dorées et étincelantes à l'extérieur, elles étaient pleines de chocolat le plus exquis à l'intérieur.